EL OBSERVADOR DE CARACOLES

Patricia Highsmith

EL OBSERVADOR DE CARACOLES

Patricia Highsmith

ꟼ KLICZKOWSKI

Idea y concepto: Hugo A. Kliczkowski Juritz

 © primera edición, Abril de 2006

H KLICZKOWSKI - ONLYBOOK, S.L.
La Fundición, 15. Polígono Industrial Santa Ana
28529 Rivas-Vaciamadrid
Tel. +34 91 666 5001
Fax +34 91 301 2683
onlybook@onlybook.com
www.onlybook.com

Equipo Editorial
Marcela Silberberg
Elena María Feito
José Hamad

«El observador de caracoles» y «La pajarera vacía» extraídos de *Once*
© Diogenes Verlag AG, Zurich, 1993
© EDITORIAL ANAGRAMA, S. A.
© de la traducción, P. Elías
(cedida por EDITORIAL ANAGRAMA, S. A.)
«Notas de una cucaracha respetable» extraído de *Crímenes bestiales*
© Diogenes Verlag AG, Zurich, 1993
© EDITORIAL ANAGRAMA, S. A., 2002
© de la traducción, A.B.V.
(cedida por EDITORIAL ANAGRAMA, S. A.)

Compaginación e impresión: A. G. GRUPO, S. A.
Impreso en España
ISBN: 84-96592-10-3
EAN: 9788496592100
D. L.: M-16422-2006

Papel de interior: Estucado mate de 115 gr
Papel de cubierta: Estucado brillo de 250 gr
Letra: Times New Roman cuerpo 14 pt

Foto de portada: Delta Isaac Newton 1K
Estilográfica de resina negra torneada a mano,
plata maciza 925‰ y rubí en el capuchón
Edición limitada de 1.642 piezas

Encontrará información sobre este y otros
títulos de la editorial en nuestro catálogo:
www.onlybook.com

Patricia Highsmith

Patricia Highsmith nació en Texas (Estados Unidos) en 1921, aunque residió en Europa desde 1965. Su vida familiar fue compleja y difícil de afrontar. Criada por sus abuelos, fue a vivir a Nueva York con su madre y su padrastro, de quien tomó el apellido Highsmith.

Lectora desde niña, conservó a lo largo de su vida la vocación por la pintura y la escultura. Concluida la universidad, con una sólida formación en lenguas clásicas, comenzó su carrera literaria. Entre los treinta libros que publicó hay novelas, cuentos y hasta algún ensayo. El personaje más conocido de sus novelas de suspense e intriga es Ripley, psicópata de carácter impredecible, llevado al cine por renombrados directores. Asimismo, su primera novela, *Extraños en un tren*, fue llevada a la pantalla por Alfred Hitchcock.

Los animales fueron también sujeto de sus narraciones. Como en las fábulas tradicionales, los humanizaba haciéndolos hablar, pensar o sonreír.

Un novelista de la talla de Graham Greene la apodó «la poetisa del miedo», y escribió que «había creado un mundo propio, un mundo claustrofóbico e irracional, en el que entramos cada vez con un sentimiento de peligro personal».

Murió a los 74 años en Locarno (Suiza), acompañada por sus amigos, los gatos, en un caserón solitario.

La dramática soledad interior de un hombre lo acerca a exóticos acompañantes mientras abruma a sus familiares con este desvarío. Es el tema de «El observador de caracoles», un cuento que en la escritura de Patricia Highsmith adquiere connotaciones grotescas que nos hacen sonreír a la vez que nos sumergen en un mundo alienado y delirante.

En «La pajarera vacía» la aparición repentina de «algo» desencadena un episodio retrospectivo en un matrimonio rutinario. El pasado aparece dificultosamente en el presente en este brillante relato de suspense.

«Cuando recuerdo a algunas de las personas que se alojaban en el hotel Duke, me enorgullezco de ser una cucaracha.» La crítica social es desarrollada por este divertidísimo y mordaz personaje en «Notas de una cucaracha respetable».

El observador de caracoles

Cuando el señor Peter Knoppert comenzó a aficionarse a la observación de los caracoles, no imaginaba que los pocos ejemplares con que empezó se convertirían tan pronto en centenares. Apenas dos meses después de que los primeros caracoles fueron llevados al estudio de Knoppert, una treintena de tanques y peceras de vidrio, todos llenos de caracoles, cubrían los muros, descansaban en la mesa escritorio y los alféizares, y hasta comenzaban a extenderse por el suelo. La señora Knoppert desaprobaba todo esto enérgicamente y se negaba a entrar en el estudio.

Afirmaba que olía mal, y además una vez pisó accidentalmente un caracol, lo que le causó una sensación horrible que nunca olvidaría. Pero cuanto más sus amigos y su esposa deploraban ese pasatiempo poco habitual y vagamente repulsivo, tanto más gozo parecía encontrar en él el señor Knoppert.

–Antes nunca me interesó la naturaleza –repetía a menudo el señor Knoppert, quien era socio de una firma de agentes de bolsa y había consagrado toda su vida a la ciencia de las finanzas. Y agregaba–: Pero los caracoles me han abierto los ojos a la belleza del mundo animal.

Si sus amigos comentaban que los caracoles no eran propiamente animales y que su entorno viscoso no podía considerarse un buen ejemplo de la hermosura de la naturaleza, el señor Knoppert les contestaba, con una sonrisa de superioridad, que no sabían sobre los caracoles todo lo que él conocía.

Era cierto. El señor Knoppert había sido testigo de una exhibición que no se describía, o en todo caso no apropiadamente, en ninguna enciclopedia o libro de zoología de cuantos había consultado. El señor Knoppert había entrado una tarde en la cocina a buscar un bocado antes de cenar, y casualmente se fijó en que un par de caracoles, en el recipiente de porcelana sobre la escurridera, se comportaban de modo muy extraño. Irguiéndose más o menos sobre sus colas, oscilaban uno frente a otro, exactamente como un par de serpientes hipnotizadas por un flautista. Un momento después, sus rostros se juntaron en un beso de voluptuosa intensidad. El señor Knoppert se acercó y los examinó desde todos los ángulos. Algo más sucedía: una protuberancia, algo parecido a una oreja, estaba apareciendo en el lado derecho de la cabeza de ambos caracoles. Su instinto le dijo que estaba observando algún tipo de actividad sexual.

Entró la cocinera y le dijo algo, pero el señor Knoppert la hizo callar con un impaciente gesto de la mano. No podía apartar la vista de las encantadas criaturas del recipiente.

Cuando las protuberancias estaban precisamente borde a borde, un filamento blancuzco surgió de una oreja, como otro diminuto tentáculo, y trazó un arco hasta la oreja del otro caracol. La primera presunción del señor Knoppert se desvaneció cuando del otro caracol surgió también un tentáculo. «Qué cosa tan peculiar», pensó. Los dos tentáculos se retiraron, luego salieron de nuevo, y cual si hubiesen encontrado alguna señal invisible, se quedaron fijos en el caracol opuesto. Acercándose todavía más, el señor Knoppert miraba atentamente. La cocinera hizo otro tanto.

–¿Había usted visto jamás algo semejante? –preguntó el señor Knoppert.

–No. Deben de estar peleándose –contestó con indiferencia la cocinera, y se alejó.

Aquélla era una muestra de la ignorancia sobre los caracoles que con el tiempo descubrió en todas partes.

El señor Knoppert continuó observando repetidas veces al par de caracoles por más de una hora, hasta que, primero las orejas y luego los tentáculos, se retiraron, y los caracoles relajaron su actitud y ya no se prestaron atención el uno al otro. Pero para entonces, otro par había comenzado a flirtear y se iban levantando lentamente, hasta alcanzar la posición del beso. El señor Knoppert le dijo a la cocinera que aquella noche no sirviera caracoles. Se llevó el recipiente que los contenía a su estudio, y en el hogar de los Knoppert ya no se volvieron a comer caracoles.

Aquella noche consultó sus enciclopedias y unos cuantos libros de ciencia que poseía, pero no halló absolutamente nada sobre los hábitos de procreación de los caracoles, aunque se describía en detalle el aburrido ciclo reproductivo de las ostras. Tal vez no había sido un apareamiento lo que había visto, se dijo el señor Knoppert al cabo de uno o dos días. Su esposa, Edna, le pidió que se comiera los caracoles o se librara de ellos –fue por aquel entonces cuando pisó un caracol que se había salido del recipiente y caído al suelo–, y el señor Knoppert tal vez lo hubiese hecho, de no haber encontrado una frase en el *Origen de las especies* de Darwin, en una página dedicada a los gastrópodos. La frase estaba en francés, lengua que el señor Knoppert no conocía, pero la palabra *sensualité* le puso en alerta como a un sabueso que de repente encuentra una pista. Estaba en aquel momento en una biblioteca pública y con ayuda de un diccionario tradujo trabajosamente la frase. Era de menos de cien palabras; indicaba que los caracoles manifestaban en su apareamiento una sensualidad que no se encuentra en ninguna otra especie del reino animal. Eso era todo. La frase pertenecía a unos apuntes de Henri Fabre. Obviamente, Darwin había decidido no traducirla para el lector corriente, dejándola en la lengua original para los pocos eruditos que realmente se interesaran por el tema. Ahora el señor Knoppert se consideraba uno de esos pocos eruditos, y su rostro redondo y sonrosado brillaba de satisfacción.

Se enteró de que sus caracoles eran del tipo de agua fresca, los cuales ponen los huevos en arena o tierra, de modo que colocó tierra húmeda y un platito con agua en una palangana amplia, a la que trasladó sus caracoles. Luego esperó a ver qué sucedía. No hubo ni un solo apareamiento. Tomó uno por uno los caracoles y los examinó, sin ver nada que sugiriera una preñez. Pero a uno de los caracoles no lo pudo coger. Diríase que la concha estaba pegada a la tierra. El señor Knoppert sospechó que el caracol había enterrado su cabeza en la tierra para morir. Pasaron dos días y en la mañana del tercero el señor Knoppert encontró un montoncito de tierra desmenuzada allí donde estuviera el caracol. Con curiosidad, investigó la tierra con ayuda de una cerilla y con gran deleite descubrió un hoyo lleno de brillantes huevecillos. ¡Huevos de caracol! No se había equivocado. El señor Knoppert llamó a su mujer y a la cocinera para que los vieran. Los huevecillos parecían caviar de gran tamaño, pero eran blancos en vez de negros o rojos.

–Bueno, han de reproducirse de algún modo –comentó la esposa.

El señor Knoppert no lograba comprender su falta de interés. Durante el tiempo que estaba en casa no pasaba una hora sin que acudiera a mirar los huevecitos. Los observaba todas las mañanas, para ver si había ocurrido algún cambio y por la noche ocupaban su último pensamiento antes de meterse en cama. Además, otro caracol estaba abriendo un hoyo. Y otros dos se emparejaban. El primer montoncito de huevos se volvió de color grisáceo y minúsculas espirales de concha se hicieron discernibles en un lado de cada uno de los huevecillos. La impaciencia del señor Knoppert se agudizó. Por fin llegó una mañana –la decimoctava después de la puesta, según la cuidadosa cuenta del señor Knoppert– en la que miró al hoyo con los huevecitos y vio la primera diminuta cabeza moviéndose, la primera diminuta antena explorando incierta el nido. El señor Knoppert se sentía tan feliz como el padre de un recién nacido. Cada uno de los setenta y tantos huevos del hoyo se abrió milagrosamente a la vida. Había visto todo el ciclo reproductivo llegar a su feliz conclusión. Y el hecho de que nadie, por lo menos nadie que él supiese, conociera ni un ápice de lo que él sabía ahora, daba a su conocimiento la emoción de un descubrimiento, el sabor picante de lo esotérico. El señor Knoppert tomó nota de los apareamientos sucesivos y de las puestas. Expuso la biología de los caracoles a sus amigos fascinados, a menudo asqueados, y también a sus invitados, hasta que su esposa, embarazada, acababa por no saber dónde mirar.

–Pero ¿cuándo acabará esto, Peter? Si siguen reproduciéndose como hasta ahora, llegarán a ocupar toda la casa –le dijo su mujer cuando llegaron a término quince o veinte puestas.

–No se puede detener a la naturaleza –le replicó él con buen humor–. Sólo ocupan el estudio. Todavía hay mucho espacio allí...

De modo que llevó al estudio más peceras y tanques de vidrio. El señor Knoppert fue al mercado y escogió a algunos de los caracoles de aspecto más animado y también un par que vio apareándose sin que el resto del mundo se fijara en ellos. Más y más nidos aparecieron en la tierra en el fondo de los tanques, y de cada nido salieron arrastrándose, finalmente, de setenta a noventa caracolitos, transparentes como gotas de rocío, deslizándose hacia arriba más bien que hacia abajo de las tiras de lechuga que el señor Knoppert se apresuraba a poner en los nidos a modo de escaleras comestibles. Los apareamientos eran tan frecuentes que ya ni se preocupó de observarlos. Podían durar veinticuatro horas. Pero nunca disminuía la emoción de contemplar aquel caviar blanco convertirse en conchas y empezar a moverse, por mucho que lo viera y volviera a ver.

Sus colegas en el despacho de agente de bolsa se fijaron en que Peter Knoppert parecía gozar mucho más de la vida. Se mostró más audaz en sus decisiones, más brillante en sus cálculos, hasta algo malévolo en sus planes, pero todo esto traía dinero a la compañía. Por un voto unánime, su salario subió de cuarenta a sesenta mil dólares anuales. Cuando alguien lo felicitaba por sus éxitos, el señor Knoppert los atribuía a sus caracoles y al relajamiento benéfico que le proporcionaba observarlos.

Pasaba todas las veladas con los caracoles, en el cuarto que ya no era un estudio, sino una especie de acuario. Disfrutaba colocando en los tanques pedazos de lechuga y de patata y remolacha hervidas; luego abría el sistema de aspersión que había instalado en los tanques para simular la lluvia. Entonces, todos los caracoles se animaban, comenzaban a comer, a aparearse o simplemente a deslizarse por el agua con evidente placer. A menudo el señor Knoppert dejaba que un caracol trepara por su dedo índice –se imaginaba que a sus caracoles les gustaba ese contacto humano– y le daba a comer un pedazo de lechuga mientras lo observaba por todos lados, encontrando en ello tanta satisfacción estética como otra persona la hallaría contemplando un grabado japonés.

El señor Knoppert ya no permitía que nadie pusiera los pies en su estudio. Demasiados caracoles tenían la costumbre de deslizarse por el suelo, de dormirse pegados a los asientos de las sillas o a los lomos de los libros en los estantes. Los caracoles pasaban mucho tiempo durmiendo, especialmente los más viejos. Pero muchos de ellos, menos indolentes, preferían aparearse. El señor Knoppert estimó que en cualquier momento por lo menos una docena de pares de caracoles estaban besándose. Y había, ciertamente, una multitud de caracoles pequeños y de caracoles adolescentes. Era imposible llevar la cuenta. El señor Knoppert contó solamente a los que dormían o que se deslizaban solos por el techo y llegó a algo así como mil cien o mil doscientos. En los tanques, las peceras, la parte inferior de su mesa escritorio y los estantes debía de haber por lo menos cincuenta veces esa cifra. El señor Knoppert se propuso arrancar los caracoles del techo un día de aquéllos. Algunos llevaban allí semanas y temía que no se alimentaran lo suficiente. Pero aquellos días estaba muy ocupado, y necesitaba demasiado la tranquilidad que le proporcionaba simplemente el sentarse en su sillón favorito del estudio.

Durante el mes de junio estuvo tan atareado, que muchos días trabajó hasta tarde en su despacho. Los informes se acumulaban, porque era el final del año fiscal. Hacía cálculos, descubría una docena de posibilidades de ganancia, y se reservaba las decisiones más audaces y las maniobras menos obvias para sus operaciones privadas. Dentro de un año, pensaba, sería tres o cuatro veces más rico. Ya veía los fondos de sus cuentas corrientes multiplicarse tan fácil y rápidamente como sus caracoles. Se lo dijo a su esposa, que se alegró mucho. Hasta le perdonó el estado ruinoso del estudio y el olor nauseabundo, a pescado, que se iba extendiendo por todo el piso superior.

–De todos modos, me gustaría que echaras una ojeada, Peter, para ver si sucede algo –le dijo con cierta ansiedad una mañana–. Puede haberse volcado un tanque o algo así y no quisiera que se estropeara la alfombra. No has estado en el estudio desde hace casi una semana, ¿verdad?

En realidad el señor Knoppert no había entrado en su estudio desde hacía casi dos semanas. No le dijo a su mujer que la alfombra ya estaba destrozada.

–Subiré esta noche –le prometió.

Pero transcurrieron tres días sin que encontrara tiempo para hacerlo. Entró en el estudio una noche, antes de acostarse, y se quedó sorprendido al encontrar el suelo completamente cubierto por dos o tres capas de caracoles. Le costó cerrar la puerta sin aplastarlos. Los densos racimos de caracoles en los ángulos y rincones hacían parecer redondo el estudio y como si él se hallara en el interior de una enorme piedra aglomerada. El señor Knoppert se apretó los nudillos hasta que chasquearon y miró asombrado a su alrededor. Los caracoles no sólo habían cubierto todas las superficies, sino que, además, millares de ellos colgaban de la araña de cristal formando un grotesco, descomunal racimo.

El señor Knoppert buscó el respaldo de una silla en que apoyarse. Bajo la mano encontró sólo gran cantidad de conchas. Se sonrió ligeramente: había caracoles en el asiento, amontonados unos sobre otros, formando un almohadón desigual. Tenía que hacer algo acerca del techo y hacerlo inmediatamente. Tomó un paraguas que había en un rincón, quitó con la mano parte de los caracoles que lo cubrían y apartó los de un rincón de la mesa, para poder subirse a ella. La puntera del paraguas rasgó el papel del techo y entonces el peso de los caracoles arrancó hacia abajo una larga tira que quedó colgando hasta casi el suelo. El señor Knoppert se sintió, de súbito, frustrado y furioso. Los rociadores los harían mover. Apretó la palanca que los ponía en funcionamiento.

Los rociadores descargaron agua en todos los tanques y la hirviente actividad del cuarto entero aumentó inmediatamente. El señor Knoppert deslizó sus pies por el suelo, entre conchas que se revolcaban sonando como guijarros en una playa, y dirigió un par de rociadores hacia el techo. Enseguida se dio cuenta de que había cometido una equivocación. El papel, al ablandarse con el agua, comenzó a desgarrarse, y mientras esquivaba una masa desprendida, que caía lentamente del techo, recibió a un lado de la cabeza el golpe de una oscilante guirnalda de caracoles, un golpe realmente fuerte. Cayó sobre una rodilla, aturdido. Convendría abrir una ventana, pensó, porque el aire era asfixiante. Los caracoles le trepaban por los zapatos y las perneras de los pantalones. Sacudió los pies con irritación. Se dirigió a la puerta, con el propósito de llamar a uno de los criados para que le ayudara, cuando la araña de cristal le cayó encima. El señor Knoppert quedó sentado pesadamente en el suelo. Se dio cuenta de que no habría manera de abrir una ventana, porque los caracoles estaban pegados fuertemente en gruesas capas en los alféizares. Por un instante sintió como si no pudiese levantarse, como si se asfixiara. No era sólo el olor mohoso del cuarto, sino que dondequiera que mirara, largas tiras de papel desprendidas de la pared y cubiertas de caracoles le tapaban la vista, como si estuviese en una prisión.

–¡Edna! –gritó, y se asombró del tono apagado, sordo, de su voz. Era como si el cuarto estuviera aislado, insonorizado.

Gateó hasta la puerta, sin fijarse en el mar de caracoles que aplastaba con manos y rodillas. No pudo abrir la puerta. Había tantos caracoles en ella y a lo largo de las juntas, en todas direcciones, que inutilizaban sus esfuerzos.

–¡Edna!

Un caracol se deslizó en su boca. Lo escupió asqueado. El señor Knoppert trató de sacudirse los caracoles de los brazos. Pero por cada cien que apartaba, parecía que cuatrocientos trepaban y se agarraban a él como si lo buscaran deliberadamente porque era la única superficie del cuarto relativamente libre. Tenía caracoles sobre los ojos. Cuando se tambaleaba, al tratar de ponerse de pie, algo le golpeó, algo que el señor Knoppert ni tan siquiera pudo ver. ¡Estaba perdiendo el sentido! En todo caso, se hallaba otra vez en el suelo. Sus brazos le pesaron como si fuesen de plomo al intentar levantarlos hasta la cara para librar los ojos y la nariz de los cuerpos viscosos y asesinos de los caracoles.

–¡Socorro!

Tragó un caracol. Sofocándose, ensanchó la boca para que entrara aire y sintió un caracol que se arrastraba por los labios y la lengua. ¡Aquello era infernal! Los sentía deslizarse como un río viscoso por las piernas, pegándolas al suelo.

–¡Brrr...!

El aliento del señor Knoppert salía difícilmente, en pequeños soplos. La visión se le oscureció, de un horrible y ondulante color negro. No podía respirar, porque no le era posible alcanzar la nariz con las manos. Tenía las manos inmovilizadas. Entonces, por un ojo entrecerrado, vio directamente frente a él, a pocos centímetros, lo que había sido la planta verde que solía estar en una maceta al lado de la puerta. Pegados a ella un par de caracoles estaban haciendo el amor silenciosamente. Y a su lado, diminutos caracoles, puros como gotas de rocío, emergían de un hoyuelo, como un ejército infinito que avanzaba por su mundo cada vez más ancho.

La pajarera vacía

L a primera vez que Edith lo vio, se rió. No podía creer lo que veía.

Se apartó a un lado y volvió a mirar. Estaba todavía allí, pero algo menos preciso. Un rostro como de ardilla –pero diabólico por su intensidad– la miraba por el agujero redondo de la pajarera. Una ilusión, desde luego, algo que tenía que ver con las sombras, o un nudo de la madera del fondo de la pajarera. El sol caía de lleno sobre la pajarera de quince por veintitrés centímetros, situada en el ángulo que formaban el cobertizo de las herramientas y la pared de ladrillos del jardín. Edith se acercó, hasta quedar a tres metros de distancia. El rostro desapareció.

Era curioso, pensó, mientras volvía a la casa. Por la noche tendría que contárselo a Charles.

Pero se olvidó de decírselo.

Tres días más tarde, volvió a ver el rostro. Esta vez se estaba enderezando, después de colocar dos botellas vacías de leche junto a la entrada trasera de la casa. Un par de ojos negros, gotas brillantes, la miraban directamente y a su nivel desde la pajarera; parecían rodeados de piel peluda de un color marrón. Edith se estremeció y luego se quedó erguida y rígida. Le pareció ver dos orejas redondas, una boca que no era de cuadrúpedo ni de pájaro, sino simplemente cruel y torva.

Pero sabía que la pajarera estaba vacía. La familia de abejarucos se había marchado hacía semanas, y sus pequeños lo habían pasado mal, aquel día, pues el gato de los Mason, los vecinos de al lado, se mostró interesado por ellos, y podía llegar al agujero de la pajarera alargando su pata desde el tejado del cobertizo; Charles había hecho el agujero demasiado grande para los abejarucos. Pero Edith y Charles consiguieron mantener a *Jonathan* alejado hasta que los pájaros se marcharon. Unos días después, Charles bajó la pajarera –que colgaba, como un cuadro, de un clavo mediante un pedazo de alambre–, y la sacudió, para asegurarse de que no quedaba dentro ninguna ramita. Los abejarucos, explicó, a veces hacían otro ruido. Pero no lo hicieron, esta vez. Edith estaba segura de ello, porque había estado vigilando.

Y las ardillas nunca se instalaban en las pajareras. ¿O tal vez lo hacían? De todos modos, no había ardillas en el vecindario. ¿Ratas? Nunca les pasaría por la cabeza hacer su nido en una pajarera. ¿Cómo podrían entrar, en todo caso, sin echarse a volar?

Mientras estas ideas discurrían por la mente de Edith, miraba fijamente el intenso rostro marrón, y los penetrantes ojos negros le devolvían la mirada.

«Iré a ver qué es», se dijo, y entró en el sendero que conducía al cobertizo. Pero sólo avanzó tres pasos y se detuvo. No quería tocar la pajarera y que la mordiera, tal vez, un sucio roedor. Por la noche se lo diría a Charles. Pero ahora que estaba cerca, aquella cosa seguía allí, más clara que nunca. No era una ilusión óptica.

Su marido, Charles Beaufort, un ingeniero de computadoras, trabajaba en una fábrica situada a doce kilómetros de donde vivían. Frunció ligeramente el ceño y sonrió cuando Edith le contó lo que había visto.

–¿De veras? –dijo.

–Tal vez me equivoque. Me gustaría que sacudieras la pajarera otra vez y vieras si hay algo dentro –pidió Edith, sonriendo aunque en tono serio.

–Bueno, lo haré –respondió rápidamente Charles, y empezó a hablar de otra cosa. Estaban a mitad de la cena.

Edith tuvo que recordárselo mientras colocaban los platos en el lavavajillas. Quería que mirara antes de que oscureciera. De modo que Charles salió y Edith se quedó en la puerta, observando. Charles dio golpes en la pajarera y aplicó una oreja para escuchar. Descargó la pajarera, la sacudió y luego la inclinó lentamente, hasta que el agujero quedara por abajo. Volvió a sacudirla.

–No hay absolutamente nada –le gritó a Edith–. Ni siquiera unas briznas de paja.

Sonrió jovialmente a su mujer y volvió a colgar la pajarera.

–¿Qué debes haber visto? No te habrás bebido un par de whiskys, ¿verdad?

–¡No! Ya te lo describí.

Edith se sintió repentinamente vacía, como privada de algo.

–Era una cabeza mayor que la de una ardilla, unos ojitos brillantes y negros, y una boca muy seria.

–¡Una boca seria!

Charles inclinó la cabeza hacia atrás y se rió mientras regresaba a la casa.

–Una boca tensa, torva –dijo Edith sin vacilar.

Pero no volvió a hablar del tema. Se sentaron en el cuarto de estar. Charles hojeó el diario y luego abrió la carpeta con los informes que se había llevado de la fábrica. Edith consultaba un catálogo, tratando de elegir un modelo de azulejos para la cocina. ¿Azul y blanco? ¿O rosado, azul y blanco? No estaba de humor para decidir y Charles nunca ayudaba en esas cosas, pues se contentaba con decir:

–Lo que escojas me va bien, querida.

Edith tenía treinta y cuatro años. Ella y Charles llevaban siete de casados. En el segundo año de matrimonio, Edith perdió el niño que llevaba en el seno, y lo hizo más bien deliberadamente, pues le causaba pánico la idea de dar a luz. Es decir, su caída por las escaleras había sido más bien a propósito, pero no lo admitió, claro, y el aborto se atribuyó a un accidente. No había tratado de tener otro hijo y ella y Charles nunca hablaron de eso.

Consideraba que formaban una pareja feliz. Charles estaba bien en Pan-Com Instruments, y disponían de más dinero y más libertad que varios de sus vecinos, atados por dos o más niños. A ambos les gustaba recibir a amigos, a Edith en esta casa, mientras que a Charles le agradaba hacerlo en su embarcación, una lancha de motor de once metros en la que podían dormir cuatro personas. Recorrían el río y sus canales los fines de semana, cuando hacía buen tiempo. Edith cocinaba casi tan bien a bordo como en tierra firme y Charles se ocupaba de la bebida, los equipos de pesca y el tocadiscos. A petición de los invitados, estaba dispuesto a bailar una danza marinera, un *hornpipe*.

Durante el fin de semana siguiente –y que no fue un fin de semana en la lancha, porque Charles tenía trabajo extra–, Edith miró varias veces la pajarera, tranquilizada ahora, porque *sabía* que no había nada dentro. Cuando el sol daba en ella, sólo veía en el agujero redondo una mancha marrón más débil, que era el fondo de la pajarera. Y cuando quedaba en la sombra, el agujero parecía negro.

El lunes por la tarde, al cambiar las sábanas a tiempo para que las recogiera el repartidor de la lavandería, que venía a las tres, vio algo deslizarse por debajo de una manta que recogía del suelo. Algo que corrió y salió por la puerta, y algo pardo y mayor que una ardilla. Edith se sobrecogió y dejó caer la manta. Fue de puntillas hasta la puerta del dormitorio, miró al vestíbulo y la escalera, cuyos cinco primeros escalones podía ver.

¿Qué clase de animal no hacía absolutamente ningún ruido, ni siquiera en los escalones de madera? ¿Es que realmente había visto algo? Estaba segura de que sí. Hasta vislumbró unos ojos pequeños, negros. Era el mismo animal que la había mirado por el agujero de la pajarera.

Lo único que debía hacer era descubrir al animal. Se acordó enseguida del martillo como arma, en caso de necesidad, pero el martillo estaba abajo. Tomó un libro grueso y bajó lentamente la escalera, alerta y mirando a todas partes, a medida que, descendiendo, se iba ensanchando su campo de visión.

No había nada a la vista en el salón. Pero podía estar debajo del sofá o del sillón. Fue a la cocina y sacó de un cajón el martillo. Regresó entonces al salón y apartó cosa de un metro, de un solo tirón, el sillón. Nada. Se dio cuenta de que tenía miedo de inclinarse para mirar debajo del sofá, cuya funda llegaba casi hasta el suelo, pero lo apartó unos centímetros y escuchó. Nada.

Supuso que había podido ser un engaño de la vista. Algo así como una mancha flotando ante los ojos, después de inclinarse sobre la cama. Decidió no decirle nada de eso a Charles. Pero de todos modos lo que había visto en el dormitorio había sido algo más definido que lo que viera en la pajarera.

Una hora más tarde, mientras estaba harinando una pierna de ternera en la cocina, se dijo que era un yuma, un bebé yuma. Pero ¿de dónde vino? ¿Existía ese animal? ¿Había visto una foto en una revista o leído en alguna parte esa palabra?

Edith se forzó a terminar todo lo planeado en la cocina y luego fue a consultar el grueso diccionario, buscando la palabra «yuma». No estaba. Era una mala pasada que le jugaba su mente. Del mismo modo que el animal era una jugarreta de sus ojos. Pero era extraño que encajaran tan bien y que el nombre fuese tan absolutamente apropiado para el animal.

Dos días más tarde, mientras ella y Charles llevaban las tazas de café a la cocina, Edith vio al animal salir como una flecha de debajo de la nevera –o de detrás de ella–, atravesar en diagonal la cocina y entrar en el comedor. Casi dejó caer la taza y el plato, pero las retuvo. Castañetearon en sus manos.

–¿Qué te pasa? –inquirió Charles.

–Lo volví a ver –dijo Edith–. El animal.

–¿Qué?

–No te lo dije –empezó a explicar, con la garganta repentinamente seca, como si estuviera haciendo una penosa confesión–. Creo que vi esa cosa... la cosa que estaba en la pajarera... La vi el lunes arriba, en el dormitorio. Y creo que he vuelto a verla. Ahora mismo.

–Edith, querida, no había nada en la pajarera.

–Cuando miraste, no. Pero ese animal se mueve muy deprisa. Casi vuela.

Una expresión preocupada apareció en la cara de Charles. Miró hacia donde Edith dirigía la vista, a la puerta de la cocina.

–¿Lo viste ahora mismo? Lo buscaré –dijo, y entró en el comedor.

Miró por el suelo, echó una ojeada a su mujer; luego, casi de paso, se inclinó y miró debajo de la mesa, entre las patas de las sillas.

–Ya ves, Edith, que...

–Mira en el salón –pidió Edith.

Charles lo hizo, acaso durante quince segundos, y regresó sonriendo.

–Siento decírtelo, querida, pero me parece que ves visiones. A menos que fuera un ratón. Podría haber ratones, pero espero que no.

–¡Oh, no! Es mucho mayor. Y es pardo. Los ratones

son grises.

–Bueno –dijo Charles vagamente–. No te preocupes. No te atacará, de todos modos. Huye... –Y con voz carente de convicción agregó–: Si es necesario, llamaremos a los fumigadores.

–Sí, hagámoslo –dijo ella enseguida.

–¿Qué tamaño tiene?

Separó las manos a una distancia de unos cuarenta centímetros.

–Así de grande.

–Podría ser un hurón.

–Es todavía más rápido que un hurón. Y tiene ojos negros. Hace un momento se detuvo un instante y me miró fijamente. De veras, Charles.

Le comenzaba a temblar la voz. Señaló a un punto junto a la nevera.

–Ahí se detuvo por una fracción de segundo y...

–Edith, domínate.

Le apretó el brazo.

–Parece tan malvado. No sé cómo explicarlo...

Charles la miraba en silencio.

–¿Hay algún animal llamado yuma? –preguntó ella.

–¿Yuma? Nunca oí ese nombre. ¿Por qué?

–Porque se me ocurrió ese nombre hoy, de repente. Se me ocurre que... que... porque nunca había visto un animal así, pensé en ese nombre y me dije que tal vez lo había visto en alguna parte.

Charles deletreó el nombre, para estar seguro: Y-U-M-A...

Edith asintió.

Charles, sonriendo de nuevo, pues la cosa le parecía ya un juego, miró en el diccionario, como hiciera Edith antes. Lo cerró y acudió a la *Enciclopedia Británica* que estaba en los estantes inferiores de la librería. Después de buscar un momento, dijo:

—No está ni en el diccionario ni en la *Británica*. Creo que te inventaste la palabra. —Se rió—. O tal vez es una palabra de *Alicia en el país de las maravillas*.

«Es una palabra verdadera», pensó Edith, pero no tuvo valor de decirlo. Charles lo negaría.

Edith se sentía agotada y se acostó alrededor de las diez, llevándose un libro. Estaba todavía leyendo cuando Charles entró, sobre las once. En ese momento, ambos lo vieron: corrió como un rayo de los pies de la cama, sobre la alfombra, a plena vista de Edith y Charles, se metió debajo de la cómoda y Edith creyó verlo salir por la puerta. Charles debió pensar lo mismo, pues fue rápidamente a mirar al vestíbulo.

—Ya lo viste —dijo Edith.

El rostro de Charles estaba rígido. Encendió la luz del vestíbulo, miró y luego bajó.

Estuvo fuera unos tres minutos y Edith lo oyó mover muebles. Luego, regresó.

—Sí, lo vi.

Su rostro se había vuelto pálido y cansado. Pero Edith suspiró y casi sonrió, contenta de que finalmente la creyera.

—Ahora comprendes lo que quería decir. No veía visiones.

—No —asintió Charles.

Edith se sentó en la cama.

—Lo malo del asunto es que parece que sea imposible de cazar.

Charles se desabrochaba la camisa.

—Imposible de cazar. ¡Qué expresión! Nada es imposible de cazar. Tal vez es un hurón. O una ardilla.

—¿No lo sabes? Pasó junto a ti.

—Sí —Charles se rió—. Pasó como un rayo. Tú lo has visto dos o tres veces y no puedes decir lo que es.

—¿Tiene cola? No sabría decir si la tiene o si el cuerpo es alargado...

Charles guardó silencio. Alcanzó su bata y se la puso lentamente.

—Creo que es más pequeño de lo que parece. Es muy rápido y por eso se ve alargado. Podría ser una ardilla.

—Tiene los ojos delante de la cabeza. Los de las ardillas están más a los lados.

Charles se inclinó, a los pies de la cama, y miró debajo de ésta. Pasó la mano por la ropa de cama debajo del colchón. Luego se levantó.

—Mira, si volvemos a verlo... *si* es que lo vimos...

–¿Qué quieres decir con eso? *Sí* lo vimos... Tú lo viste. Tú mismo lo dijiste.

–*Creo* que lo vi. –Charles se rió–. ¿Cómo sé que mis ojos o mi mente no me juegan una mala pasada? Tu descripción fue tan elocuente...

Casi parecía enojado con ella.

–Bueno... ¿*si* lo vemos...?

–Si volvemos a verlo, pediremos prestado un gato. Un gato lo cazará.

–No el de los Mason. Me fastidiaría pedírselo.

Había tenido que arrojar grava al gato de los Mason para mantenerlo alejado, cuando los abejarucos comenzaban a volar. A los Mason no les gustó. Tenían todavía buenas relaciones con ellos, pero ni a Edith ni a Charles se les pasaría por la cabeza pedirles que les prestaran a *Jonathan*.

–Podríamos llamar a un fumigador –sugirió Edith.

–Sí, pero ¿qué le diríamos que debe exterminar?

–Lo que vimos –respondió Edith, molesta porque justamente Charles había sugerido un fumigador apenas dos horas antes.

Le importaba la conversación, estaba vitalmente interesada por ella, pero la deprimía. La encontraba vaga y exasperante, y quería hundirse en el sueño.

–Probemos un gato –dijo Charles–. Farrow tiene uno, ¿sabes? Se lo dieron sus vecinos. ¿Sabes quién quiero decir? Farrow, el contable, que vive en Shanley Road...

Se quedó con el gato cuando sus vecinos se mudaron. Pero dice que a su mujer no le gustan los gatos. Ese que tiene...

–Tampoco a mí me entusiasman –dijo Edith–. No vamos a quedamos con un gato.

–No, de acuerdo. Pero estoy seguro de que podemos pedirlo prestado. Pensé en él porque Farrow dice que su gato es un cazador fantástico. Es una hembra de nueve años...

A la noche siguiente, Charles regresó a casa con el gato treinta minutos más tarde que de costumbre, porque había acompañado a Farrow a su casa a recogerlo. Edith y Charles cerraron puertas y ventanas y en el salón sacaron de la cesta a la gata. Era blanca, mosqueada de gris y con cola negra. Se mantenía tiesa, mirando a su alrededor con un aire displicente y algo crítico.

–Vamos, *Puss-Puss...* –dijo Charles, inclinándose, pero sin tocarla–. Sólo estarás aquí un día o dos. ¿Tenemos leche, Edith? O mejor crema.

Hicieron una cama para la gata con una caja de cartón en la que pusieron, doblada, una toalla vieja; la colocaron en un rincón del salón, pero a la gata le gustó más un extremo del sofá. Había explorado por encima la casa, sin mostrar ningún interés por los armarios o la despensa, aunque Edith y Charles confiaban en que lo haría. Edith dijo que le parecía que la gata era demasiado vieja para cazar lo que fuese.

A la mañana siguiente, la señora Farrow llamó por teléfono a Edith y le dijo que si querían podían quedarse con *Puss-Puss*.

–Es limpia y muy sana. Pero a mí no me gustan los gatos. De modo que si se acostumbran a ella o ella se acostumbra a ustedes...

Edith se escabulló del ofrecimiento con un despliegue sorprendentemente fluido de palabras de agradecimiento y de explicaciones de por qué habían pedido prestada la gata, y prometió llamar a la señora Farrow al cabo de un par de días. Le dijo que creían que había ratones en la casa, pero no estaban bastante seguros para llamar a un fumigador. Este alarde verbal la dejó agotada.

La gata se pasaba la mayor parte del tiempo durmiendo en el extremo del sofá o a los pies de la cama, arriba, cosa que a Edith le desagradaba, pero a la que no se opuso para no hacerse antipática al animal. Hasta hablaba con ésta afectuosamente y la llevaba a las puertas abiertas de los armarios de pared, pero *Puss-Puss* se ponía ligeramente rígida, no de miedo, sino de aburrimiento, e inmediatamente se apartaba. Entretanto, comía mucho atún como habían indicado los Farrow.

Edith estaba puliendo la cubertería de plata, en la mesa de la cocina, cuando vio la cosa correr a su lado, por el suelo, desde detrás de ella y salir por la puerta de la cocina hasta el salón, como un cohete pardo. La vio torcer hacia la derecha del salón, donde la gata estaba durmiendo.

Edith se levantó y se acercó a la puerta del salón. No había señales del animal y la gata seguía con la cabeza descansando en sus patas. Tenía los ojos cerrados. El corazón de Edith latía precipitadamente. El miedo se mezclaba con impaciencia y por un instante experimentó una sensación de caos y de terrible desorden. El animal estaba en el salón. Y la gata no servía de nada. Y los Wilson venían a cenar a las siete. Y apenas si tendría tiempo de contarle todo eso a Charles, porque en cuanto llegara se pondría a lavarse y cambiarse y no iba a hablar de ello delante de los Wilson, aunque los conocían bastante bien. A medida que el caos de Edith se convertía en frustración, las lágrimas le saltaban a los ojos. Se imaginaba torpe y nerviosa toda la velada, dejando caer cosas e incapaz de decir lo que le pasaba.

–El yuma. ¡El maldito yuma! –murmuró queda y amargamente, y regresó a la mesa de la cocina a seguir puliendo los cubiertos de plata. Luego puso la mesa.

Sin embargo, la cena estuvo bien y no se le cayó ni quemó nada. Christopher Wilson y su mujer, Frances, vivían al otro lado del pueblo y tenían dos chicos, de siete y cinco años. Christopher era abogado de la Pan-Com.

–Pareces cansado, Charles –le dijo Christopher–. ¿Por qué no venís a pasar el domingo con nosotros, tú y Edith?

Echó una mirada a su mujer.

–Vamos a nadar a Hadden y luego haremos un picnic. Sólo nosotros y los chicos. Tomaremos el aire...

–Pues...

Charles esperaba que Edith declinara la invitación, pero se mantuvo callada.

–Muchas gracias. Por mí... La verdad es que habíamos pensado en sacar la lancha. Pero hemos pedido prestado un gato y me parece que no debemos dejarlo solo todo el día.

–¿Un gato? –inquirió Frances Wilson–. ¿Prestado?

–Sí. Creímos que había ratones y queríamos comprobarlo –interpuso Edith con una sonrisa.

Frances hizo un par de preguntas sobre el gato y luego abandonaron el tema. *Puss-Puss,* en ese momento, estaba arriba, supuso Edith. Siempre subía cuando entraba en la casa una persona a la que no conocía.

Más tarde, una vez los Wilson se hubieron marchado, Edith dijo a Charles que había vuelto a ver el animal en la cocina y que *Puss-Puss* no salió de su indiferencia.

–Ése es el problema. No hace ningún ruido –dijo Charles. Luego frunció el ceño–: ¿Estás *segura* de que lo viste?

–Tan segura como de que lo vi otras veces

–respondió Edith.

–Demos al gato un par de días más.

A la mañana siguiente, sábado, Edith bajó a eso de las nueve a preparar el desayuno y se detuvo sobrecogida ante lo que vio en el suelo del salón. Era el yuma, muerto, con la cabeza, la cola y el abdomen destrozados. La cola estaba arrancada, excepto por un pedazo de cuatro centímetros. En cuanto a la cabeza, ya no existía. Pero la piel era parda, casi negra allí donde la cubría la sangre. Edith se volvió y corrió arriba.

–¡Charles!

Estaba despierto, pero soñoliento.

–¿Qué pasa?

–La gata lo cazó. Está en el salón. Baja, por favor. No puedo ir sola... de veras que no.

–Claro, querida –dijo Charles, apartando las sábanas.

Unos segundos más tarde estaba abajo. Edith lo siguió.

–¡Hum!... Bastante grande –dijo Charles.

–¿Qué animal es?

–No lo sé. Voy a buscar el recogedor.

Entró en la cocina.

Edith lo observó mientras Charles empujaba el animal hacia el recogedor con un periódico enrollado. Miraba la sangre coagulada, el cuello abierto, los huesos. Las patas tenían pequeñas garras.

–¿Qué es? ¿Un hurón? –preguntó Edith.

–No lo sé. De veras que no.

Charles envolvió rápidamente aquella cosa en un periódico.

–Lo meteré en el cubo de la basura. El lunes vienen a recogerla, ¿verdad?

Edith no contestó.

Charles atravesó la cocina y la mujer oyó el ruido de la tapadera del cubo de la basura al otro lado de la puerta de la cocina.

–¿Dónde está la gata? –preguntó Edith cuando Charles regresó.

Charles se lavaba las manos en la cocina.

–No lo sé.

Cogió el palo con la bayeta y lo llevó al salón. Limpió el lugar donde había estado el cadáver.

–No hay mucha sangre. En realidad, no veo ninguna en el suelo.

Mientras desayunaban, la gata entró por la puerta principal que Edith había abierto para airear el salón, aunque no notó ningún olor especial. La gata los miró con aire de cansancio, apenas si levantó la cabeza.

–Miaaauuuu.

Era el primer sonido que emitía desde su llegada.

–Buen gato –dijo Charles con entusiasmo–. ¡Bravo, *Puss-Puss*!...

Pero el gato eludió la mano que iba a darle unos golpecitos de felicitación en su espalda, y se fue lentamente a la cocina a buscar su desayuno de atún.

Charles miró a Edith con una sonrisa que ella trató de devolverle. Había terminado con esfuerzo el huevo, pero no podía dar un mordisco más a la tostada.

Tomó el coche e hizo la compra envuelta en una bruma, saludando las caras familiares como hacía siempre, pero sin sentir ningún contacto entre ella y los demás. Cuando volvió a casa, encontró a Charles tendido en la cama, ya vestido, con las manos detrás de la cabeza.

—Me preguntaba dónde estabas —dijo Edith.

—Me sentía soñoliento. Lo lamento.

Se sentó.

—No importa. Si quieres dormir, hazlo.

—Quería quitar las telarañas del garaje y barrerlo.

Se levantó.

—¿No te alegras de que se haya acabado, de que ya no esté… fuese lo que fuese? —preguntó, forzándose a reír.

—Claro que sí, bien lo sabe Dios.

Pero se sentía todavía deprimida y se percató de que lo mismo le ocurría a Charles. Se detuvo, vacilante, en el umbral.

—Me pregunto qué era.

«Si sólo hubiésemos visto la cabeza», pensó, pero no pudo decirlo. ¿No aparecería la cabeza, dentro o fuera de la casa? La gata no pudo haberse comido el cráneo.

—Algo parecido a un hurón —dijo Charles—. Ahora si

quieres podemos devolver la gata.

Pero decidieron aguardar al día siguiente para llamar a los Farrow.

Ahora *Puss-Puss* parecía sonreír cuando Edith la miraba. Era una sonrisa fatigada. ¿O acaso la fatiga estaba sólo en los ojos? A fin de cuentas, la gata tenía nueve años de edad. Edith la miró muchas veces mientras se ocupaba de la casa, durante aquel fin de semana. Tenía un aire distinto, como si hubiese cumplido con su deber y lo supiera, pero sin enorgullecerse especialmente por ello.

Edith sentía, de una manera confusa, como si la gata estuviera aliada con el yuma o lo que fuese... estuviera o hubiera estado aliada con él. Ambos eran animales y se habían comprendido: uno, el enemigo más fuerte; el otro, la presa. La gata pudo verlo, tal vez también oírlo, y había logrado clavarle las garras. Por encima de todo, la gata no tenía miedo como ella, y hasta Charles reflexionó. Al mismo tiempo que pensaba todo esto, Edith se daba cuenta de que le desagradaba la gata. Tenía un aspecto sombrío, secreto. Y ellos tampoco le gustaban a la gata.

Edith se había propuesto telefonear a los Farrow sobre las tres de la tarde del domingo, pero Charles tomó el teléfono y dijo que él los llamaría. Edith temía escuchar aunque sólo fuese parte de la conversación de Charles, pero se sentó en el sofá, con los periódicos del domingo, y escuchó.

Charles les dio profusamente las gracias y les explicó que la gata había cazado un hurón o una ardilla grande. Pero no querían quedarse con la gata, aunque fuese tan agradable. ¿Podían llevársela a eso de las seis?

—Pero... Ya ha hecho lo que esperábamos, ¿comprende...? Y se lo agradecemos mucho... Desde luego, preguntaré en la fábrica si hay alguien que quiera una gata... claro que sí…

Charles se desabrochó el cuello de la camisa después de colgar el teléfono.

–¡Vaya!... Fue difícil. Me sentí como un majadero... Pero no sirve de nada decir que queremos una gata que no queremos, ¿verdad?

–Claro que no. Deberíamos llevarles una botella de vino o algo así, ¿no crees?

–Desde luego. Es una buena idea. ¿Tenemos alguna?

No tenían ninguna. No había ninguna botella sin abrir, excepto una de whisky, y Edith propuso alegremente llevársela.

–Nos hicieron un gran favor –dijo.

Charles sonrió.

–¡Ya lo creo!

Envolvió la botella en uno de los papeles verdes que las tiendas-bodegas usan para repartir, y se marchó con *Puss-Puss* en la cesta.

Edith había dicho que no quería ir, pero le pidió que

diera las gracias a los Farrow en su nombre. Luego, se sentó en el sofá y trató de leer el periódico, mas su mente se apartaba de la lectura. Miraba la estancia vacía, silenciosa, miraba al pie de la escalera y por la puerta del comedor.

Ya no estaba, el bebé yuma. No sabía por qué imaginaba que era un bebé. ¿Un bebé de *qué*? Siempre pensó en él como joven... y al mismo tiempo como cruel, al tanto de toda la crueldad del mundo, el mundo animal y el mundo humano. Y una gata le había cortado el cuello. No habían encontrado la cabeza.

Estaba todavía sentada en el sofá cuando Charles regresó.

Entró en el salón con pasos lentos y se dejó caer en el sillón.

—Bueno... no deseaban exactamente que se lo devolviésemos.

—¿Qué quieres decir?

—No es su gato, ¿sabes? Lo recogieron por bondad o algo así... cuando sus vecinos se mudaron. Se iban a Australia y no podían llevarse la gata. Ésta vive entre las dos casas, pero los Farrow le dan de comer. Es triste...

Edith sacudió involuntariamente la cabeza.

—No me gustaba esa gata. Es demasiado vieja para acostumbrarse a una nueva casa.

—Tienes razón. Bueno, con los Farrow por lo menos

no se morirá de hambre. ¿No te gustaría un poco de té? Lo prefiero a una copa.

Charles se acostó temprano, después de frotarse linimento en el hombro. Edith sabía que temía empezar a sufrir de artritis o reumatismo.

–Me estoy volviendo viejo –le dijo Charles–. Bueno, esta noche me siento viejo.

Edith también. Y además se sentía melancólica. Mirándose en el espejo del cuarto de baño, le pareció que las leves arrugas de debajo de los ojos se habían hecho más profundas. Había sido un día tenso, y eso que era domingo. Pero el horror ya no estaba en la casa. Algo era algo. Lo había padecido durante casi dos semanas.

Ahora que el yuma estaba muerto, se daba cuenta de lo que había sucedido, o por lo menos ahora podía reconocerlo. El yuma había abierto el pasado, como si fuese un precipicio oscuro y amenazador. Le había hecho revivir la época en que perdió –voluntariamente– al niño y recordar la amarga pena de Charles entonces y su fingida indiferencia de más tarde. Le había hecho revivir su culpabilidad. Se preguntaba si el animal había tenido el mismo efecto en Charles. No se había comportado exactamente con nobleza en sus primeros tiempos en Pan-Com. Dijo la verdad a un superior acerca de una persona, y ésta fue despedida –Charles ocupó su puesto–, y más tarde esa misma persona se suicidó. Simpson se llamaba. Charles se encogió de hombros, a la sazón. Pero el yuma ¿no le habría hecho recordar a Simpson? Ninguna persona, ningún adulto del mundo posee un pasado perfectamente honroso, un pasado sin algún delito...

Menos de una semana después, Charles estaba regando los rosales, un atardecer, cuando vio la cara de un animal en el agujero de la pajarera. Era la misma cara que la del otro animal o la cara que Edith le describiera, aunque nunca pudo mirarla tan bien como en aquel momento.

Allí estaban los negros ojillos brillantes y fijos, la boquita torva, la terrible vigilancia que le había descrito Edith. La manguera, olvidada en sus manos, lanzaba el agua contra la pared de ladrillos. La dejó caer y se dirigió a la casa para cerrar la llave del agua, con el propósito de descolgar enseguida la pajarera y ver lo que había dentro. Pero, pensó, la pajarera no era bastante grande como para que en ella cupiera un animal del tamaño del que *Puss-Puss* había cazado. Eso era indudable.

Charles estaba ya casi en la casa, corriendo, cuando vio a Edith en el umbral.

Miraba hacia la pajarera.

–*Otra vez* ahí, ¿verdad?

–Sí.

Charles cerró la llave del agua.

–Esta vez veré lo que es.

Se dirigía rápidamente hacia la pajarera, pero a mitad del camino miró a la puerta del jardín y se detuvo.

Por la puerta metálica abierta entró *Puss-Puss,* con aire agotado, sucio y compungido. Había andado, pero ahora trotó hacia Charles, con paso de vieja y la cabeza baja.

–La gata ha vuelto –dijo Charles.

Una abrumadora melancolía se abatió sobre Edith.

Todo era tan predestinado, tan terriblemente previsible. Habría más y más yumas. Cuando Charles, dentro de un momento, sacudiera la pajarera, no encontraría nada dentro, y luego ella vería el animal en la casa, y *Puss-Puss* lo cazaría. Ella y Charles, juntos, no podrían escapar de todo eso.

–Encontró el camino hasta aquí. Tres kilómetros... –dijo Charles sonriendo.

Pero Edith apretó los dientes para reprimir un alarido.

Notas de una cucaracha respetable

Me he mudado.
 Solía vivir en el hotel Duke, que se encuentra en una esquina de Washington Square. Mi familia ha vivido allí durante generaciones, y con ello quiero decir dos o trescientas generaciones, por lo menos. Pero ese hotel ha dejado de gustarme. No es lugar para mí. El hotel ha ido muy a menos. Oí a mi tatara-tatara-tatara abuela –y pueden ascender cuanto quieran en el árbol genealógico, a pesar de que yo la conocí y hablé con ella– hablar de los viejos tiempos, los buenos tiempos, en que la gente llegaba al hotel en carruajes tirados por caballos, con maletas que olían a cuero, y que era gente que desayunaba en la cama, y dejaba caer en la alfombra algunas migajas para nosotras. No lo hacían adrede, desde luego, ya que nosotras sabíamos guardar distancias y mantenernos en nuestro sitio. Nuestro sitio era los rincones de los cuartos de baño y la cocina. Ahora, podemos pasearnos

por las alfombras con relativa impunidad, debido a que los clientes del hotel Duke van tan drogados que ni siquiera nos ven, o bien carecen, por culpa de la droga, de las energías precisas para aplastarnos con el pie, o bien se limitan a reírse cuando nos ven.

Ahora, el hotel Duke tiene una maltratada marquesina verde, que se extiende por encima de la acera, con tantos agujeros que no protege a nadie de la lluvia. Después de subir cuatro peldaños de cemento, se entra en un sórdido vestíbulo que apesta a humo de marihuana, a whisky rancio, y que está insuficientemente iluminado. A fin de cuentas, la actual clientela no siempre desea ver a sus compañeros de hotel. En ocasiones, los clientes tropiezan entre sí en el vestíbulo en penumbra, y del choque puede nacer una amistad superficial, pero es más frecuente que el tropezón provoque un desagradable intercambio de palabras. A la izquierda del vestíbulo se encuentra una covacha todavía más oscura que se llama el Salón de Baile del Doctor Demasiado. Cobran dos dólares por la entrada, que se pagan en el vestíbulo, antes de entrar en el baile. Allí, hay música de máquina tocadiscos. Los clientes son chusma. Da asco.

El hotel tiene seis plantas, y yo, por lo general, tomo el ascensor, que antes los clientes, en buen americano, llamaban «*elevator*», pero que ahora llaman el «*lift*», para imitar a los ingleses. ¿A santo de qué he de subir por las mugrientas chimeneas interiores, o arrastrarme por la escalera, tramo tras tramo, cuando puedo saltar el estrechísimo abismo, de menos de un centímetro, que media entre el suelo y el ascensor y deslizarme sin correr riesgos hasta el rincón en que se encuentra el ascensorista? Sé distinguir los pisos del hotel por su olor. El quinto piso huele a desinfectante desde hace más de un año, debido a que allí se organizó una ensalada de tiros, y delante del ascensor quedaron abundantes rastros de sangre y tripas. El segundo piso se enorgullece de contar con una vieja alfombra, por lo que su olor es a polvo, con un leve toque de orina. El tercero huele a *sauerkraut* (alguien seguramente dejó caer de sus manos una bandeja de este manjar, y el suelo es de porosa cerámica). Y así sucesivamente. Ahora bien, si quiero bajarme en el tercer piso, por ejemplo, y el ascensor no se detiene en él, me quedo dentro, en espera del próximo viaje, y tarde o temprano me bajo en el tercero.

Me encontraba en el hotel Duke cuando llegaron los formularios del censo de los Estados Unidos, correspondiente a 1970. ¡Qué risa! Cada cual cogió un formulario, y todos se echaron a reír. Para empezar digamos que allí casi nadie tiene un hogar, y resulta que los formularios preguntaban: «¿Cuántas habitaciones tiene su hogar?». Y luego: «¿Cuántos hijos tiene usted?». Y así sucesivamente. Y: «¿Qué edad tiene su esposa?».

La gente cree que las cucarachas no entendemos el inglés o cualquier otro idioma que se hable en nuestras proximidades. La gente cree que las cucarachas sólo comprenden el mensaje de una luz súbitamente encendida, que significa «¡huye!». Cuando se ha circulado por ahí durante el tiempo que nosotras lo hemos hecho, que se remonta a fechas anteriores a la de la llegada del *Mayflower* a estos pagos, se entiende muy bien el habla en uso sea la que fuere. Por eso, tuve ocasión de regocijarme con muchos comentarios referentes al censo de los Estados Unidos, cuyos formularios ninguno de los brutos alojados en el hotel Duke se tomaron la molestia de rellenar. Me divirtió pensar en lo que tendría que poner yo, en el caso de verme obligado a llenarlo. Sí, ¿por qué no? A fin de cuentas yo era un residente en el hotel, con aposento hereditario, con más derecho que cualquiera de las bestias humanas alojadas allí. Soy (y conste que no soy Franz Kafka disfrazado) una cucaracha, ignoro la edad que tienen mis esposas, de la misma forma que ignoro el número de esposas que tengo. La semana pasada tenía siete esposas, dicho sea empleando este último término en un sentido amplio, ahora bien, ¿cuántas de ellas han muerto aplastadas por un pisotón? En cuanto a hijos, diré que ni siquiera puedo contarlos, lo cual también dicen en tono de alarde muchos de mis compañeros de dos patas, pero si vamos a hacer cuentas, si es que los del censo quieren que las hagamos (para divertirse más, me parece), no me queda más remedio que fiarme de mi flaca memoria, en este aspecto. Recuerdo que la semana pasada dos de mis esposas estaban ya a punto de dar a luz un par de huevos, las dos se alojan en el tercer piso (el que huele a *sauerkraut*). Pero ¡santo Dios!, la verdad es que también yo me encontraba en situación apurada y con prisas, en busca (y me ruboriza tener que confesarlo) de un alimento que había olfateado y que estimaba se encontraba a cosa de un metro. Me parece que eran patatas fritas aromatizadas con queso. No me gustó nada tener que decir «hola» y «adiós» tan deprisa a mis esposas, pero mi necesidad quizá era tan grande como la de ellas, ¿y dónde estarían ellas, o, mejor dicho, nuestra raza, si no pudiera yo hacer lo preciso para conservar mi vigor? Instantes después, vi a mi tercera esposa en el acto de ser aplastada por una bota de vaquero (los *hippies* llevan prendas del lejano Oeste, incluso en el caso de que hayan nacido en Brooklyn), aun cuando ésta, por lo menos, no estaba poniendo un huevo, por el momento, sino que, al igual que yo, corría, aunque en dirección opuesta a la mía. Pensé: «Hola y adiós», aunque tengo la seguridad de que ni siquiera me vio. Cabe la posibilidad de que jamás vuelva a ver a mis dos parturientas esposas, aunque quizá viera a algunos de mis hijos, antes de abandonar el hotel Duke.

Cuando recuerdo a algunas de las personas que se alojaban en el hotel Duke, me enorgullezco de ser una cucaracha. Por lo menos gozo de mejor salud y, a pequeña escala, elimino basura. Lo cual me lleva al punto que me proponía abordar. En el hotel Duke solía haber basura en forma de migas de pan o de porciones de canapés cuando se daba una fiesta con champaña. Pero ahora la clientela del hotel Duke no come: o se droga o se emborracha. Conozco los buenos tiempos del hotel Duke sólo a través de los relatos de mis tatara-tatara-tatara abuelos y abuelas. Pero doy crédito a estos relatos. Decían, por ejemplo, que se podía saltar al interior de un zapato, situado ante la puerta de un dormitorio, y ser transportado a bordo de él, en bandeja sostenida por un criado, a las ocho de la mañana, lo cual le permitía a uno desayunarse con migajas de *croissant*. Ahora en el Duke ni siquiera se limpian los zapatos, ya que si hay alguien capaz de dejar los zapatos junto a la puerta de su dormitorio, no sólo no se los limpiarán, sino que lo más probable es que se los robasen. En la actualidad sólo se puede esperar esto de esos peludos monstruos ataviados con prendas de cuero con flecos y de sus novias de ropas transparentes, que se bañan muy de vez en cuando, y que únicamente dejan unas gotitas de agua en la bañera, que me permitan beber un poco. Beber agua del inodoro es peligroso, y a mi edad prefiero no hacerlo.

Sin embargo, quiero hablar de mi recién hallada dicha. La semana pasada, mi paciencia llegó a agotarse. Ante mi propia vista otra de mis jóvenes esposas fue aplastada por un violento pisotón (recuerdo que esta esposa se encontraba alejada de las zonas de *normal* tránsito). Además, tuve que presenciar cómo un grupo de drogados cretinos, que atestaban una habitación, se dedicaba a recoger literalmente a lametazos la comida que habían esparcido en el suelo, a modo de diversión. Hombres y mujeres jóvenes, desnudos, fingían, llevados por algún motivo propio de orates, carecer de manos, e intentaban comer bocadillos como si fueran perros, con lo que la comida iba a parar al suelo, y entonces se revolcaban por el suelo, retorciéndose, todos juntos, entre salchichas, cebolletas y mayonesa. En esta ocasión, había comida en abundancia, pero era peligroso andar por entre aquellos cuerpos que rodaban por el suelo. Estos cuerpos me parecieron más peligrosos que pies. Ahora bien, ver bocadillos fue algo excepcional. En el hotel Duke ya no hay restaurante, pero la mitad de sus habitaciones se denominan «apartamentos», lo que significa que en ellas hay refrigeradores y hornillos. Ahora bien, en lo tocante a comida el principal producto que los alojados en el Duke tienen es zumo de tomate en lata, para preparar Bloody Marys. Ni siquiera fríen un huevo. Entre otras cosas, ello se debe a que el hotel no proporciona sartenes, ni cazos, ni abrelatas, ni siquiera tenedores o cucharas, por cuanto, si lo hiciera, estos enseres serían robados. Y ninguno de los encantadores clientes está dispuesto a salir del hotel y comprar un cazo para calentar sopa. Por eso mis oportunidades eran escasas, como suele decirse. Y eso no es lo peor del «departamento de servicios», en el Duke. Casi ninguna ventana cierra debidamente, las camas parecen monstruosos camastros, las sillas están desvencijadas, y esos muebles a los que se les da indebidamente el nombre de sillones, de los que quizá hay uno en cada habitación, pueden causar lesiones por el medio de disparar un muelle contra alguna tierna parte del cuerpo. Las piletas están casi siempre atascadas, y los inodoros o bien tienen cisternas de las que no mana el agua o bien ésta sale enloquecedoramente de ellas. ¡Y los robos! He sido testigo de muchos. La doncella da la llave maestra a alguien, y ese alguien se mete en una habitación, abre las maletas y se mete su contenido bajo el brazo, o lo introduce en la funda de una almohada, fingiendo que se trata de ropa sucia.

De todas maneras, el caso es que, hace una semana, me encontraba yo en un dormitorio temporalmente vacante, en el Duke, en busca de alguna migaja, o de unas gotas de agua, cuando entró un botones negro transportando una maleta que olía a *cuero*. Detrás del botones iba un caballero que olía a loción para después del afeitado, además de olor a tabaco, lo cual es perfectamente normal. El caballero deshizo la maleta, dejó unos papeles en la mesa escritorio, abrió el grifo de agua caliente y musitó algo para sus adentros, intentó detener el constante fluir de agua del inodoro, probó la ducha, que esparció agua por todo el cuarto de baño. El caballero llamó por teléfono a conserjería. Comprendí casi todo lo que dijo. Esencialmente dijo que por el precio que pagaba, esto, aquello y lo de más allá podía ser un poco mejor, y que quizá la solución consistía en que le dieran otro dormitorio.

Agazapada en mi rincón, hambrienta y sedienta, escuché con interés, aunque sabedora de que aquel caballero me aplastaría de un pisotón en el caso de que yo hiciera acto de presencia sobre la alfombra. Sabía muy bien que si el caballero me veía, yo figuraría en su lista de quejas. Era un día ventoso y la vieja ventana de dos hojas se abrió bruscamente, con lo que los papeles del caballero volaron en todas direcciones. Tuvo que cerrar la ventana por el medio de apoyar una silla contra las hojas. Luego, lanzando maldiciones, el caballero recogió sus papeles.

–*¡Washington Square! ¡Henry James se levantaría de la tumba si viera esto!*

Recuerdo textualmente estas palabras, que el caballero pronunció en voz alta, mientras se atizaba una palmada en la frente como si aplastara un mosquito.

Llegó un botones, con el viejo y sucio uniforme castaño del establecimiento, totalmente drogado, y anduvo manoseando la ventana en un vano intento de arreglarla. Por la ventana penetraban rachas de aire helado, sus hojas se estremecían armando un ruido infernal, y todo lo que había en el cuarto, incluso un paquete de cigarrillos, tenía que ser fijado mediante un peso puesto encima, para evitar que saliera volando de encima de la mesa o de lo que fuera. El botones, al inspeccionar la ducha, sólo consiguió quedar empapado, y entonces dijo que avisaría al «especialista». En el hotel Duke, el «especialista» no es más que una broma, broma que no voy a analizar detenidamente. Aquel día, el «especialista» no tuvo ocasión de ejercer sus funciones, debido a que el botones fue la gota de agua que hizo rebosar el vaso, y el caballero cogió el teléfono y dijo:

–¿Pueden ustedes mandarme a alguien que no esté drogado o borracho para que baje mi equipaje al vestíbulo?... Oh, sí, claro, quédense con el dinero. Yo me voy. Y avisen un taxi, por favor.

Éste fue el momento en que tomé una decisión. Mientras el caballero hacía la maleta, me despedí mentalmente con un beso de todas mis esposas, hermanos, hermanas, primos, hijos, nietos y biznietos, y luego me metí a bordo de la hermosa maleta que olía a cuero. Me deslicé en un compartimento en la parte interior de la tapa de la maleta, y me situé en un cómodo lugar entre los pliegues de una bolsa de plástico que olía a jabón de afeitar y a loción para después del afeitado, en donde me constaba no sería aplastada cuando el caballero cerrara la maleta.

Media hora después, me encontraba en una habitación calentita, con una gruesa alfombra que no olía a polvo. El caballero desayuna en la cama a las siete y media de la mañana. En el pasillo, tengo a mi disposición comida sumamente variada, que encuentro en las bandejas puestas ante las puertas de los dormitorios, entre la que se cuenta restos de huevos revueltos y, desde luego, abundante mermelada, mantequilla y panecillos. Ayer escapé por los pelos cuando un camarero con chaqueta blanca anduvo persiguiéndome durante unos treinta metros, por lo menos, atizando pisotones, con ambos pies, a derecha e izquierda, aunque fallando siempre el golpe. Todavía soy ágil, y en el hotel Duke aprendí mucho.

Ya he inspeccionado la cocina, a la que voy y de la que regreso en ascensor, naturalmente. En la cocina hay comida en abundancia, pero, para mi desdicha, la fumigan una vez a la semana. He conocido a cuatro posibles esposas, aunque todas ellas con mala salud, por culpa de los humos de la fumigación, a pesar de lo cual siguen decididas a permanecer en la cocina. Lo mío son los pisos superiores. Allí no hay competencia, y abundan las bandejas de desayuno y, a veces, los bocadillos de medianoche. Quizá en la actualidad me haya convertido en un solterón, pero aún tengo el vigor suficiente si es que aparece una posible esposa. Entretanto, me considero mucho mejor que aquellos bípedos del hotel Duke, a quienes he visto comer cosas que yo ni siquiera tocaría, y que no quiero siquiera mencionar. Lo hacen por apuesta. ¡Apuestas! Si la vida entera es un juego de azar, ¿para qué apostar?

Otros mini letras de H KLICZKOWSKI

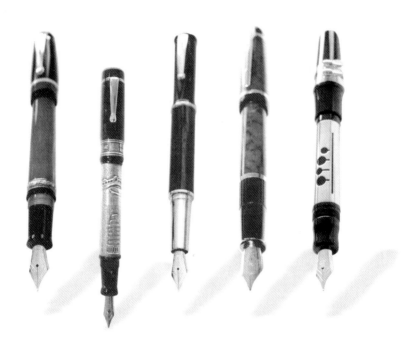

Mario Benedetti · Cristina Fernández Cubas · Fogwill · Federico García Lorca ·
Montero Glez · Patricia Highsmith · Alejandro Jodorowsky · Paola Kaufmann ·
· Elvira Lindo · Julio Llamazares · Eduardo del Llano · Javier Marías ·
Ángeles Mastretta · Marina Mayoral · Juan José Millás · Manuel Mujica Láinez ·
· Antonio Muñoz Molina · Gustavo Nielsen · Arturo Pérez-Reverte ·
· Carmen Posadas · Soledad Puértolas · Mercè Rodoreda · Bernhard Schlink ·
· Juan Gabriel Vásquez · Juan Villoro ·